言葉から根源へ

田中清光

思潮社

言葉から根源へ

田中清光

思潮社

装幀　髙林昭太

目次

I

Ⅱ　博物詩

Ⅲ

言葉から根源へ

I

時間を超えて

歴史はたえず壊れてゆくように見える
夏が終わり　秋が来ても
人間と宇宙とが統一される日の来ないいなか
いつでも　時間を超えて
ぶらつく

どんなに長くても　淋しくても

最終の日までの存在　という人体を
脱け出すことはできないが

「死することによって生きる」* と書かれた
言葉を読み
凄まじいその行くえ　に震えながら
いくど望遠鏡を覗いてみても
見えぬその行くえのその先

どこへゆこうとゼロに戻る旅を終えると
日日永遠からの電話が鳴る

春の雷とともにヘルダーリンの住んでいた町や

蘇生したばかりの法師をたずねてみた
おお　天からの風を見上げては
北斗七星の裏側を想像したり

武蔵野では魚座から訪れた哲人と出会う
あの世この世が見えているそのひとの
大地全体を広いかかとで回遊しつづけた
歩みにふれて

骨のよく鳴る野を
自然との仲介のつもりで
ぶらついてみると
絶えた花のあとからでも　生死の発生源が見つかる

＊西田幾多郎「自愛と他愛および辯證法」

鳥

鳥たちは
日日空から墜ちている
海なのか　砂漠なのか　山脈なのか
かすかな啼声を残して
風のなかに　その声が
流れている

誰もききとれないけれど
死は　このように近くにあり

突然
君の肩に乗ってくる
空から陸へ　陸から川へ
めぐっている

なんの予告もなしに
見えない距離を
風切羽に乗せられ
死もとどけられる

ぼくたちの不幸
邪悪のひそむ日日の現実のなかで
喪われてゆく
平和　文化　未来　そして永遠も

都市から　田園から
鳥たちの足跡や
ふるえる羽根の羽撃きや心臓が
失われ　消えたまま

たちまち廃墟となる
ぼくらの危うい社会
鳥たちと同様墜ちてゆく日が

待ち受けている

消し炭の都市

歴史の反芻のなか　消し炭でしかない都市は
建てられたものが
この世の中で　燃え　崩壊し
そのたびに冥府の掃除夫が降下して
掃除してきた

太陽も人間も　自分の死にゆく時を知らないのだが
宇宙の私語のなかから

未来からの答えを聞くことができるのか
老子は微笑した　自然も微笑む……

水も山も人間もどれひとつ同一のものはないにしても
それらの身体　その肉は　みな世界と同じ肉をもち
その肉を食べて
塵になってゆくのだ

たやすくこの世界を救うことはできなくても
一人の人間は救助できるかもしれぬ
宙吊りのわれらの脳髄だが
死なないで*　はたらけば

＊荒川修作の私信から

水の惑星

天から地まで氷が貫き
そのなかで骨が鏡になって
崩れる皮膚を〝地の塩〟になりそこねた知で繕い
名も無い小石とともにうずくまって
世紀の断崖を染めつづけた血を
暗い夜とともに汲みとりつづける

垂直に天を突く言葉があれば
新たに生まれてくるものを見出せるかもしれない
氷から氷への移りゆきが
この地球の行くえなのか
玄武岩や花崗岩　礫岩のすきまから　先人の悲鳴が聞こえる

泡のごとき創造にしても　地質学にしても
不用になるときがくる
言語のもつ因果律か――
不可能への漂流がいつもそこにはあり
裂けてゆく現実　凍ってゆく現実のなか
無常のマストを先に立て　深い闇へ向かう

いま想いはじめている
このままゼロに向かう気温体温に疲れて
宇宙大の夢想も　国家も　凍結されてゆく
荒蕪の風土で
千年に終わるかもしれぬ時の香りを手放すのか
自然システムと人類の膨張という難儀のまま

大気と海洋の循環が読めぬ
水の惑星としての地球は　寒く凍結するかもしれぬ
たぶん人間の激烈な闘争　欲望よりも
知らねばならぬ　われらの矮小の実存
死という不可解な未来に向かう塵であることを

さすればわずかに骨は鏡となって地に突き立つことができる

階段を降りてゆく女たち

階段を降りてゆく女たち
その先は地獄なのか　それともスーパーマーケット　目くらむ深淵？
斜めの時間というのは
形而上的に思われてくる
誰にも見つけられない真理が
逆のぼってくる――

身のまわりにある未開の空間が
ささくれ立つ
それにそって時間をほぐしてゆくと
静止にゆきつく
そこに待つのは
ひっそりした終末?

ぞろぞろ　ぞろぞろ　ぞろぞろ　ぞろぞろ
ただただ群がる人びとの頭ごしに見えてくるガラスばりの
透明な空間
不幸な出来事は忘れてしまい
しあわせを買おうと
また歴史なぞには振り返りもせず

雪崩れを打って
幻影の華やぐ町に向かう

無数の泡のようにはじける
日日の風俗のなか
ア・プリオリの秩序などどこにもないと
大切な言葉をもいい加減に放棄をつづけ
あまりに狂暴な事件が見えるたび衝撃を受けて
眼球を閉じるまで

苦しむ人　忘れる人　娯楽に溺れる人
人類の悲惨など脇目にして
日毎変幻するお天気とともに

甘酸っぱい同語反復の渦の中で
虚空にうかぶ空疎な建物から
時代の奥の淋しい事故の発生を
納得できぬままに眺めつづける人人人がふえ

田園から

耕すことで天までとどく植物に
素裸の魂を育てている
どんな種子を播こうと
星のしずくが　その葉を濡らす
野菜畠のなかの小路から
湧きだしては　消えてゆくもの

たくさんの透明な紐が
星座から垂れてくるのだ
自然のうちに隠されていた音楽に揺すられ
宇宙に宿る
生きものたちの歌を　形象を
空いっぱいに描きだす鳥たちを目で追って

犬も　人びとも
乳房からしたたる蜜液を
垂らし
水平線から天空までの無限の奥行きのなかに
おびただしい記号を描いては死んでゆく
知らぬまに起きている悲劇も

地球の生命《いのち》なのかもしれない

牧場の下草から
馬の尻尾にまでむらがる虻
真昼の午後に眠りつづける
人間の存在などというものは
点描画のなかの影にひとしい
自然物たちを同志としてみれば

人間の存在という存在の滑稽は終わることなく
だが生命を脅かす奈落のさまは
耕す植物からもたえず知らされる
病気も　実りも　発生の根源から

さいごの絶対の空無までを
知らされている

激震

見えない断層やマグマの貫入にねじり込まれた
地殻の深みでは
物質のねばつく白さ　青いかげりも
その裏にひそむ深い漆黒を映しだしている

岩石の沈黙と鳴動とを感じとり
生成と廃滅とをつづける地層の内の張りつめた

悲鳴をきく

時間が物質を残し
玄武岩の堅固さで
埋葬をさえ拒むなら

人は死ぬ前に　人生のすべてを見れるのか
樹木の垂直のごとく
空の青を無限として呑みとることができるのか

大股で駆けても
現代という危機を先取りすることができないいま
なにから問い直すことができる?　つづく不毛な曲がり角で

不器用な人類
政治の埋葬人　愛の埋葬人　未来の埋葬人
永遠なもの　うつろいゆくものをともにかかえ

いつまで　生きぬくことができる？
名づけようのない虚妄の現実のなか
全人生を生き尽くした人はいたのか

大切な尾骶骨をかくす人という人
記号となるばかりの天変地異
天空に昇ることのない言葉がうまれつづけ

幾度となく戦争は

幾度となく戦争は起こり　くりかえされ
季節がめぐり　木木の葉が散り
生きる力のないものは消され
いま居た人が次の瞬間いなくなる
戦慄にみちたこの世

大洪水の時代はいつかやってくる

それが見える眼だけが
するどい意識を尖らせている
森の梢の尖端は　天空に向かうが
尖った葉末で刺す空は無限に青い涙を流しているとも見える

言葉は疾走をやめてはならぬ
蕪雑な暴言が吹き消しにくる一日一日があっても
受けとめる時刻　無に向かう時刻にも
生きている人の心臓から送られてくる
火の言葉を見失ってはならぬ

たとえほかの星へ行ってしまった人が
老衰してゆく人間世界を離れて

瀕死の詩歌を
残すほかなかったにしても
「来迎」も「告別」も明滅するほかない海を
どこまで漕いでゆけるのか

水の上に露出した眼　さまよう声　言葉　感情
ついの生命が飲みとる死をはこぶ
絶対の距離の涯ての「一者」よ
砂漠　大洪水をこえ
隔てられている人から人へ
落花する花　内部からの爆発

すべてはまた灰色にかわるのか？

幾度となく戦争はくりかえされ……

友の死霊

たくわえられた知も　深淵からの祈りもとどかぬ
砂漠に迷い込み
広漠の暗暗の道を
行く方も知れず

烈しい喪失をくりかえした
狂気の歴史の断面から

慰められない死者の声が
風にまじって聞こえてくる
誰も閉じることのできない咽喉が
世紀をこえて叫びつづけている

閉ざされることのない
言葉がなければならぬ
わが友の死霊が
いまも問いつづけている
河原があり　河渠にも
きみの声が捩じ曲げられたままで浮かんで
忘れてはならぬ光景がある

冬の半島に居ても
したたる血や　焦熱地獄が
いまも眼前に甦えるのだ
おお　たくわえられた知も　深淵からの祈りも

しのびよる不気味な無用の言語群
無言とは異なる無態な知
せめて行かねばならぬ
狂気を超え

根源語たる自然の光と闇に向かって

Ⅱ 博物詩

トネリコ

山道のほとりに立つ
一本の大杉のそばに来ると
生きている人も
何年も前の人までが
木陰に立ちどまっているのが見える

誰とも会うことのない道をさがし

曲がり折れながら登ってゆくと
傾いたトネリコ*の木の下に

幾年もの歳月が
死者たちの足跡を
地上に散り敷かれた病葉《わくらば》の上に
残しているのを見つける

空から降りしきる
霧や雪のはこぶ
天の呼吸も
亡びて行ったものたちを語ることはなく

時とともに地上を離れてゆく
けものや　骨たちの
しずかな退出を
トネリコは葉を風に鳴らしながら
見送っている

＊トネリコ。高さ六M以上の落葉高木。（牧野植物図鑑）

いちじくの樹の下に

夭折した弟敏夫に

いちじくの樹の下に埋められていた
おまえの声が
とつぜん　きこえてきた朝

枝葉をゆする風のざわめきにまじって
実ることのなかった幼い生が
わたしに向かって語りはじめた

短い旅を終えて
どんなふうにして死にゆき
土に横たわったか
幼い物語をどのように
石に埋めてしまったか

実をつけることのできない樹の下に
とどまるほかなかったお前の声は
どこにも行くことができず

とだえたまま
失った未来を虚しく描きつづけているのだろう

おまえの存在を
だれもが反芻しなくなったかにみえる
いまになって

いちばん近いものに語りかけようと
おまえの声が
いちじくの葉をゆさぶりはじめた

木

木の葉の一枚一枚は
木ごとに　対になり　互い違いになり
きちんとした文法をもって並んでいると見えるが

もっとよく見ると
集合して織りだそうとしている意味をもつ

とりわけ若葉のときには
文脈を鮮明に現わし
枝にそって分節し
つづれ織りのようにレトリックをつくって
光りや闇を編みあげるのが見える

空を翔ぶ
地上に帰属しきれない小鳥たちや昆虫の類が
もぐりこんでくると
にわかに葉の文様を波立たせ

しきりに木から流れだしては消えてゆく音があり
木に向かってたえず入ってくる音もまじえ

その渦巻にそって生き身を変化させ
枯れゆくまでのレース状の時間をつくる

小鳥が飛び立ってしまったあと
葉全体はにわかに無言になる
そこには意味を地に戻そうとする沈黙と
根の一筋一筋が世界の根にふれようとしてのおののきとが
細波のように寄りかえしているのかもしれない

すべての生物のなかで長命である木は
ながい歴史のなかの人間のあやまちの外で生きつづけ
時間をすら空間に変えて
終生まよわず木であることだけを表現しつづけている

蝶

翻える木の葉よりもひらひらと
天上の風の道を滑走してゆく蝶をみたものは
その脆そうな全身の器官　魅惑的な二枚の翅の色彩模様
たちまち視界から消えてゆく羽撃きの危うさに心をふるわせる

蝶と名づけられた生物の　おそるべき種族の多さの
全種類を確かめることなど誰にもできやしないが

萬をこえる種類といわれる蝶の世界が
ささやかに花の蜜や樹液を吸うばかりで
生命をやしなっているという自然の
不思議なやりとり　微妙な支え合いよ

蝶はその短い命を　人間が愚かな戦争をくりかえす長い時代の
なかでもつなげてきた
季節から季節へ　産卵から羽化への道すじを
海上であろうと　地上であろうとためらうことなく移動もして

海を越えて翔ぶ蝶が千キロ以上も花を求め命がけの旅に出るのは
子孫を残すためのひたすらな本能か
上昇気流や風に助けられ　地球の動きの循環に添いながら

余計な欲望や事件には見向きもせず
生命の流れをひとすじに飛びきって
毛羽ほどに多岐に分れた昆虫の系譜の筋道のなかで
現在を生きている

蝶の飛ぶ姿を　もはや光の喩として見わたし……
生命が運ばれつづける脆くも魅惑にみちた
出現とははかない上昇　その成就に味方するのは
どこに棲む神だろうか

朝顔

朝顔の花が咲いていている

何万年もの時間が　花といういのちの背中には
横たわっていて
かぐわしい風が花びらをそよがせ
深い淵が湛えられてもいるが

花じしんは
われ関せず
たまたまこの朝に
花びらを開いたという風情

どこの道の辺《べ》であろうと
朝顔の同族は日本中に花をひろげ
色は　白、紫、紅、紺、藍、鼠、茶、淡黄と多彩
ふくりん、縞、絞り、ぼかしなどなど模様を織り出し
さらにその眷属をたずねれば
中国大陸西南部からヒマラヤ地方にまで蔓延《はびこ》ると
京大カラコルム探検隊の報告にある
いかな変異も得意とあって

この種
姿かたちを変え　色を変え
アジアの地誌のなかにゆったりと
花びらの流れを形づくってきた

そんな事も
一個の朝顔の花は
われ関せず

一個の花として開き
一個の花として死ぬ

同族のどんな繁盛も

没落も

死のあと
種子が索牛子《けにごし》とよばれ下剤として
人間の悪臭を水に流してきたのだが

ヒマラヤ　シナからつづいている
こんな人間生理とつながる水脈だって
われ関せず

かよわい花　はかない花
とよばれながらも
どこにでも花を咲かせ

らくらくと無と化してゆく
生きものとしての凄さよ

紫陽花

梅雨前線……
地上を這いまわる低気圧　霖雨《ながあめ》
そこで次次に噴き出す　紫　青　白　淡紅の花花
鬱陶しいこの世に　萼の五片が五片の花弁を密にささえ
地中から吸い上げた養分の変化でときに色彩を変えるという
物質から生命までに訪れる微妙な異変を生きながら
萼と花による球体として

ユキノシタ科の文脈を生きつづけてきた

時代にどんな潮の満ち引きがあろうと
紫陽花としての固有の色どりを発語しつづけるのは
茎の動脈から送る血流が　花の一つ一つを微妙に内から編みだし
果敢なくうつろう色で装っては
花と花とが一瞬の舞踏の静止のごとく身を寄せ合い
その集合体を外光とひびきあわせてのことか

降りそそぐ雨風のなか
移動のかなわぬ体で
いくら結実に手間どろうとも
頼りとする大地に

花としての色彩で　秘かな私語を語りつづけている紫陽花

緑が氾濫する地上にあって
ふりしきる雨を
あらたな花びらの器に満たしては
ためらわず水滴を零《こぼ》して大地にもどしてゆくのだ
終わることのない語らいとして

草

つねにじぶんの目の高さからものを見るか、すこしでも背伸びして上から見下ろすことを考えてきた人間が、〈草の思い〉を知ることは難しい。草には草の丈の思いがある、ということに気づく見込みはほとんどない。スベリヒユにもスベリヒユの、イヌノフグリにはイヌノフグリの思いがあることに。

「雑草」という呼称がほんとうに侮蔑的《ペジョラティフ》な意味をもつか否かは調べてみ

る必要があるが、この呼び名により、人間のもつ文脈のなかでゲリラとして扱われてきたことを示すものではあろう。かれらはどこにでも越境するし、どんな土壌にも自分の根を下ろそうとつとめてきた。気がついてみれば人間の意識のなかにまで、夥しい草草が侵入している。

草はもともとどこででも耐えられる堅牢な文節と、状況によって変化できる柔らかい文法をもっているのである。望めば世界中を蔽い尽くすことだってできるかれらの凄まじい増殖力と適応力。だが全世界を一種属だけが単一的に支配したなら自己崩壊に行きつくことを知り尽くしたのか。自立の制御装置が働いたのか。かれらは愚直な滅びへの道を選ばなかった。

草のさかんな体臭は、しばしば生殖や死を想い起こさせる。人間が遠い昔に忘れてしまっている自然状態。老子はたぶん、しょっちゅう草のなかに身を横たえていたのであろう。彼の見た玄牝の門には、草や根のイメージがからみついていたのではないのか。

草じしんの思想は、わずかにその埋葬の営みをとおして表現されるのだ。滅びた王国までを埋葬できるのは草じしんでもある。草は断じて死者達の目録はつくらない。どんな偉大な者に対しても悲惨な者のためであろうと、塔を残そうともしない。ただすべてを〈無〉に還す。そこでは王であろうと、幼な児であろうと、いかなる民族であろうと、また草じしんであっても差別はしないのだ。

人間は草を種と属に分け夥しい枝葉をもつ体系《システム》として分類し、コード化している。苗字も名も人間のつけた分類、それは人間が読むためだけにある。だが〈草の思い〉までは解読されてはいない。時代のなかで痩せても枯れても終生訪れる季節に添いながら、頑固に草でありつづけ、かつて国破れた八月の日にも、多くの死者とともに悲しむ人びとのかたわらに、乏しい花や緑の葉をひろげて、あらたな確信、生きつづけることの平和を語ってくれたものだ。

草の丈まで身を沈めてみれば、笑う草、無心の草、悲しむ草、怒る草、遊ぶ草までも見えてくるのかもしれないが……。

私の夢のなかに、草が姿を消してしまった土地が現われた。草が一本もない、どこまでものっぺりした土地。未来。そののっぺりした世界を、私はどこまでも滑ってゆくのであった。

地形抄

さまざまな地形が　わたしのなかの多くの言葉を呼ぶ
足で踏みしめ　目が形状をなぞっては　確かめてきた地形
氷河期のあと　どれだけの時間がそこに交代し　静止し　流れつづけたか
その脈動によって　地球のさまざまな地点を作りだしている

土　石　砂　岩石の上に人間が刻みつけた
おびただしい痕跡　かすかな毛彫りか

鑿《ノミ》や鉋《カンナ》　手斧などで彫ったかに見えるデコボコ道がつらなる
谷　山脈の全貌　川が掘りつづける水脈
水に大小の岩くずの混ざった流れが　崖を崩し
平野を造り　地層の割れ目に淀や瀞を生み
山はそのなかで塑像としてそそり立つ

峠も　高原も　詩や小説が作り出したわけではなく
浸蝕や風化の斧がふるわれ
岩石も生来の節目からひび割れ多様な形となって
平地　台地が　作られた工程

雨が降りそそぎ　風も土を舞わせ　海や川も移動をつづけるなか
植物を植え育て　人類は

〝あまたの鉱物を内蔵する衛星としての地球〟で
岩石の巨大な塊りのあいまに命を棲息させている

富士山が北斎の傑作の形を見せつづけるのは
たびたびの噴火で形体を建設しつづけ　修築を怠らなかったから
風も　雪も　雲も　雨もたえず鑿《ノミ》をふるって
コニーデ火山としての噴火とともに起伏を生かしつづけたから

山は彫刻されている
岳も峯も谷　断層　麓の森も
岩が刻まれて山となった歴史
われらの精神や思想も　地形に浸透されて
生命も寿命も　地形とともに言葉を形づくり　削り　変形させてきた

それを喪失するときが　仮に死というのだ――

自然の激動や　日常の出来事　戦さも
容赦なく精神の地形に災厄をふりそそぐ
人間の生命はたえず翻弄され　天地の脈動のなかで
変わりゆく地形の盛衰とともに
ささやかな魂の影像を刻みつづけている

III

鎮魂曲

瀧口修造の実験工房*のことはきいていたが
そこに加わっていた一人
タケミツさん
まもなくあなたの書いた
「弦楽のためのレクイエム」をはじめて聴いたとき
ぼくの内にどす黒い層をなして蟠《わだかま》っていた火の記憶を
根から揺すぶられた

その重たい旋律と響きは
戦争でいわれなく死んでいった夥しい人人へのレクイエムに
ぼくには聴こえた

一九四五年三月十日の未明に目の前で次次に焼け死んでいった
ひとびと
そのなかからなんとか逃れ　生き残ったぼくの
悲嘆と　後ろめたさがどこまでも
追いかけてきていたなかで

武満徹のレクイエムの音を聴きながら
（彼の制作動機がどうあろうと）
日本の敗戦後にはじめて生まれた

死者の魂を鎮めるしらべと直感した

沈黙させられた幾万もの骨たちは
いまなにを激怒しているか

わたしが火に追われて逃げて回った焼野原には
いつのまにか
なまぬるい水たまりが
拡がって
(ドイツではシェーンベルクがホロコーストの惨劇に対し
「ワルシャワの生き残り」を作曲している)
レクイエムの響きだけが
沈痛に深潭からひびいてくる

＊瀧口修造の実験工房（昭和二十六年に結成・造型作家・作曲家等を集め）

約束

たちまち灰と化す紙
もはや人間の手にかえることのない紙
そこの約束
見えなくなってしまった
誰もいない
約束の岸辺

光が誕生した岸辺の
すももの枝で
私は鳥だったことがある
私は死者だったことだってある
空も
大地もそこにあった
いつしか　言葉だけが残った

日本語よ
私を川に戻してください

私の声が
通ったことのない

水路を見つけ
遠景へ　遠景へと
くぼみやふくらみを探して　見えない世界を
歩いて行けるように
存在の裂け目という裂け目をさぐって
開封されていない時間の根源に辿りつけるまで

悲歌

日ごと消えてゆく天空もあり
星も生まれては　亡びてゆく
命が羽毛のように軽んじられる時代となって
古代にあった天文の美しさは
喪われ
さらさら流れる歌のごとく川の水面に
映し出されるのは　亡びゆくものの後ろ姿

わたしが発する言葉
あなたのなかで生まれる言葉
どれが残り
なにが捨てられてゆくのか
迷いの辻に立って
つづる悲歌
瞬間瞬間に星は落ちてゆく

集まるひと
散ってゆくひと
それぞれ生まれてくる言葉を抱えながら
颪のなかを前へ――

残してよい詩だけは
抵抗できる――
まやかしの豊かさのただなかでも

惜春

白南風《しらはえ》
里は菜の花も過ぎ　木瓜の花　盛りの山桜
南回帰線のあたりからか
もどってきた燕よ
生なましい地球の傷口をみては
桑畑の一隅でひそかにみのる胡桃の実を啄ばむ

太陽は北回帰線をとうに通り過ぎ
雛祭りを忘れたあとの山には
消え残りの雪が絹綿のかたちをしている

現世は人倫廃絶
思いあがった人間という人間は
清算された方がよい*

村にはお大師様がいる
ファーブルがいる
ハドソンがいる
かわいいナイチンゲールもいる
でもみんな黙っているのでてんでわからない

オリオン座の源氏星リゲル　平家星ベテルギウス
白鳥座のテネブ　アルビレオ
さそり座のアンタレスが見えたら
葛の葉が夜ごとざわめきだす

＊田中冬二さんの言葉との共感から引用

語りはじめてみよう

語りはじめてみよう
どんなに悲しかろうと
空と地と海の深みから集められた
言葉すら
大洪水のように流され過ぎ去ってゆく

雨後の漂流物と同様

漂いつづけるわれら人間
いまは
世界が切れ切れになってしまい
「自然」との根源での再会もなかなか難しい

凌辱されつづけ
森も　太陽も
精神の中枢から失われて
はるかな地平線に
置き去りにされ

そこで「理性は想像力を持たない」（ルチオ・フォンタナ）
といわれてみると

われわれの先の見えない世界が
追放できずにきたもの
自然の道具としての人間として

物質への反抗がたえず跡切れ
反世界にまでゆきつけぬとき
どのような言葉が
造られるべきなのか
失われてゆく存在と　生まれてくる存在とのあいだで

終わりない実在は
〝巨大な眼〟によって捉えられるほかない
宇宙の容器のなかで

燃え尽きてきたひとに
語りはじめてみよう　色彩で　また永遠への電話で

自然の前で

セザンヌ

いかに自然はおそろしいか
自然の前では小さくなっている
といったセザンヌ
遠近法もかなぐり捨て
自然を素裸の内側まで捕えようとするが
石切り場の切られた石からでも

噴き出してくる自然のちから
深部からとどく実在するものの重み
尊敬してやまぬ山にころがる岩の
地質にいたるまでを見透かし

家と家とが傾きつづける
視角をひろげれば
たえず歪む地平線までを
亡びてゆくものとして
描き込もうとする

くだものが
別れてきた木や離れてしまった土　朝夕の露との

別れを悲しんで腐ってゆく様子
洋梨も林檎も
囁き合っていると感じとり

気むずかしく　意固地なセカイのなかで
身じろぎもしない軍隊
洋梨ほどに腐ることもなく
ひたすら錆びてゆく武器を作りつづける
人間がいくらいようと

バラバラの物を集め　物の実在に迫ろうと
それを完璧な形態にまで創り出そうと
自然のただなかで

創造に向かいながら死んでいったあなたは
野原の香りとともにこの世の中からは遠去かることを望んで

戦死者

戸が閉まるたびに
一人になる
窓を閉めると
世界から断ち切られる
音は
ずっと遠くへ去ってゆく

一人だ　と
気づく
多勢の戦死者が顕われる
その死がどれほどのむなしい行為だったか――
今夜というこの時
つめたい皮膚で

暗転する時代にふれ
骸骨になった戦死者たちに慈悲はおとずれるだろうかと考える
欺くことのない
永遠がなければ
悪夢なのだ　あのひとたちのかつての誇り

おごそかな微笑を
忘れない
稀れなる最後も忘れない
一人になって
春の雨音をきく
開くことのない戸を立てて

眼

おびただしい人　物　事柄を見てきた眼
何十年もの時間を　山河を
ひたすら見てきた眼

瞳孔がたえまなく捉えつづける
感情の刺激
恐怖　興奮　歓喜

自然や　現世の動きが
眼玉から交感神経線維を走っては　拡大と収縮をつづけ
中心竅までを震わせる

光という光が隠れ
密やかな
秘中の秘の闇がかくす
見れば身も凍る世紀
ながらえば　このごろにも
姿を現わす奇奇怪怪なものたち

かすかに見えくるもの　確かに見えるもの
定かには見えぬ混沌うずまき

人か　神か　隣人か
行方知れぬ不条理も見えてくる

眼を見開き
「人」と地球との情事が
終わったことを知り
茫茫として知れぬ人の世の奥の院に
花を花として見
その行く手に在るものまでを見てしまう
眼よ

だがこの眼の見るものは現実とも真実ともいいきれない
眼はムクロジの実とさえいわれ＊

ここ　其処
はるかな彼処にも
この身を裁く
幾百幾千の死者たちが見ている
底知れぬ
闇がひろがる
眼はそこに立って
ひたすら見ても
存在のかなしいまでの行くすえ
愛するもの
創造するもの

その果ての

見えなくなってゆく「無」にゆきつくまで
ひたすら
見つづけるほかない　鏡にはなりきれない
眼球

＊「道元和尚広録」寺田透

過ぎゆくものとして

弱い肉体
永遠のほとりの
弱い脳髄
この世に生もあり死もあるが
自然には無駄な死はない

地上をさ迷い　くりかえし

歴史の階段をころげ落ちてきた
きみもぼくも
なんとか幾百もの川を渉り
兇暴な稲妻に遭ってはいるが

過ぎゆくだけの
軟弱なテクノロジーの思想に
囲まれたなかから
「お前自身になれ」
と呼びかえされて

天使も精霊もいない日日を過ごしてきた今
枯れた野の裏にある

「永劫」の根をひとり探す
畑仕事から
腰を上げる

「有」にもどるこの身
時間の部品にすぎぬ生活から
大地の底の底の音
耳の底を流れる生のはかない音

天地の涯に
星の語りかける
音を聴こうと――

永遠の橋がその音にも架かっているのだろうか
まだ昏れていない橋が

後記

Ⅰ部はすべて今日における私の作品である。

Ⅱ部はこれまでに博物誌的な関心から書いてきた作品を集めてみた。

Ⅲ部は折にふれての短い作品である。

この出版にはこれまでと同様、小田久郎社主にたいへんお世話になった。担当の髙木真史さんにも心から御礼を申し上げる。

二〇一五年五月

田中清光

追記
このたびの詩集を『言葉から根源へ』と題したのは、荒川修作がニューヨークからの手紙に、私の詩について、「〃根源〃とか〃始源〃に近づく手続きから、その環境の構築に、いや外在しながらも決して見ることも聞くこともできない〝生命〟の境界をたどる動きは、読んでいてカイカンをおぼえましたよ！　田中さんやっと複数の地平が、向こうからやって来ましたね！」と書き送ってくれた言葉。さらに「言葉が物質になるためにながい間革命を起こしていた、いやあなたが言葉のために何千、何萬、何億回もの有機体としての手の運動のリズムから〝家族のような遍在の環境〟が首を出しはじめたのですね。言葉を使用し、言葉を「ノリコエヨート」している行為」と書いてくれた書簡の言葉から、『言葉から根源へ』という題名を考えついた。近年惜しくも世を去った突出した造形作家荒川修作の深くて鋭い表現に対する視力と感受性、友情とをとどめたつもりである。

言葉《ことば》から根源《こんげん》へ

著　者　田中《たなか》清光《せいこう》

発行者　小田久郎

発行所　株式会社思潮社
〒一六二―〇八四二　東京都新宿区市谷砂土原町三―十五
電話〇三（三二六七）八一五三（営業）・八一四一（編集）
ＦＡＸ〇三（三二六七）八一四二

印刷所　三報社印刷株式会社

製本所　誠製本株式会社

発行日　二〇一五年十月二十五日